I0556881

www.ingramcontent.com/pod-product-compliance
Lightning Source LLC
Chambersburg PA
CBHW072046170626
46811CB00008B/3182

* 9 7 8 1 0 0 5 6 6 6 3 3 0 *

فارس عبر الزمن

إعداد وتحرير: رأفت علام

مكتبة المشرق الإلكترونية

تم إعداد وجمع وتحرير وبناء هذه النسخة الإلكترونية من المصنف عن طريق مكتبة المشرق الإلكترونية ويحظر استخدامها أو استخدام أجزاء منها بدون إذن كتابي من الناشر.

صدر في ديسمبر ٢٠٢٠ عن مكتبة المشرق الإلكترونية — مصر

Table of Contents

المهمة

" أين الفارس (فخر الدين)؟.. السلطان يطلبه على الفور."..

تردَّد ذلك النداء في معسكر الفرسان، وتنقل من فارس إلى آخر، حتى بلغ مسامع (فخر الدين)، فهب لتلبية النداء، وقطع المعسكر كله في خطوات سريعة قوية، وهو يمسك مقبض سيفه المستقر في غمده، وكأنه يعلن استعداده للموت في سبيل قائده، وقضيته، ورأسه يرتفع في اعتداد شديد كعادته، حتى بلغ خيمة السلطان، فأزاح أستارها في حذر، وهو يتنحنح؛ ليعلن عن قدومه، قبل أن يقول بصوته الواثق الحازم القوى:

- (فخر الدين) في خدمتك يا مولاي.

كان السلطان (صلاح الدين الأيوبي) منكبًا على دراسة خريطة بدائية، رسمها بعض رجاله على رقعة من الجلد، وحوله عدد من قادته ورجاله، إلا أنه رفع عينيه عن كل هذا، والتفت إلى (فخر الدين)، وقال بصوته الهادئ القوى:

- ادخل يا (فخر الدين).

تقدَّم (فخر الدين) إلى حيث يقف قائده، الذي وضع يده على كتفه، وقال في لهجة تشفّ عن خطورة الأمر:

- أحتاج إليك في مهمة بالغة الأهمية والخطورة يا ولدي.

شدَّد (فخر الدين) قبضته على مقبض سيفه، وهو يقول:

- روحي فداء مولاي .

ربّت (صلاح الدين) على كتف فارسه، وقال:

- بل روحك فداء دينك ووطنك يا ولدي..

والتفت في حسم إلى الخريطة البدائية، واستطرد بسرعة:

- أنت تعلم أننا على وشك الدخول في معركة فاصلة حاسمة مع الأعداء، بعد أن وحدوا صفوفهم، وأصبحت قيادة جيوشهم كلها تحت قيادة (ريتشارد قلب الأسد)، ولكننا لا ندري بعد، أي منطقة تصلح للقتال معهم، ولا أية منطقة اختاروها لذلك، وبعض المستشارين هنا يقترحون منطقة (حطين)، في حين يقترح البعض الآخر (طبرية)، ولكن الأمر يحتاج إلى حسم تام، وإلى تحديد لا يقبل الشك.. أهي (حطين) أم (طبرية).

ثم التفت مرة أخرى إلى (فخر الدين)، مستطردًا:

- وهذه هي مهمتك.

اعتدل (فخر الدين)، ونصب هامته في اعتداد، قائلًا:

- أنا لها يا مولاي.

التقط (صلاح الدين) رسالة ملفوفة في إحكام، ومختومة بخاتم السلطان، وناولها إلى (فخر الدين)، قائلًا:

- ستذهب بهذه الرسالة إلى (مصر)، وتسلَّمها إلى شقيقي، فلديه معلومات بالغة الأهمية، نحتاج إليها في شدة، حتى تصبح حربنا ناجحة، وننهي ذلك القتال، الذي بدأ أيام أجدادنا، وعانى فيه شعبنا الويلات..

وتنهَّد في أسى، قبل أن يتابع:

- ستسلِّم هذه الرسالة إلى شقيقي، وسيسلمك هو رسالة أخرى، تحوي كل ما نحتاج إليه من معلومات وأسرار.

والتقى حاجباه، وهو يستطرد في حزم:

- وهذه المهمة ليست بسيطة يا (فخر الدين)؛ فالأعداء مستعدون لدفع حياتهم، مقابل معرفة ما لدينا، وسيبذلون أقصى طاقاتهم للحصول على الرسالة، ومنعها من الوصول إلينا، وسيحاولون التخلّص منك، أو الإيقاع بك

وخداعك، وعليك أنت أن تبذل روحك نفسها، لو اقتضى الأمر، حتى تصل الرسالة إلينا، ولا تقع في أيديهم.
قال (فخر الدين) في حزم:
- اطمئن يا مولاي..
ربَّت (صلاح الدين) على كتفه، وقال وهو يتطلَّع إلى عينيه مباشرة:
- انطلق على بركة الله يا ولدي.. وقم بمهمتك على أكمل وجه.
وضع (فخر الدين) الرسالة في حزامه، وهو يقول:
- سأفعل ما بوسعي يا مولاي .
قال (صلاح الدين):
- وتذكَّر دائمًا: إذا ما تعقّدت الأمور، فإنه من الأفضل تدمير الرسالة، على وقوعها في أيديهم.
أومأ (فخر الدين) برأسه في حزم، ثم قال:
- إلى اللقاء بإذن الله يا مولاي.
غمغم (صلاح الدين):
- بإذن الله يا ولدي.
واستدار (فخر الدين)، واتجه إلى الخارج في حزم، ولم يكن يزيح أستار الخيمة، حتى ناداه (صلاح الدين) مرة أخرى، وقال:
- بروحك يا (فخر الدين).
أجابه (فخر الدين) في حزم:
- بروحي يا مولاي.
وبدأ مهمته.

☆☆☆

اعتدل (ريتشارد قلب الأسد) بقامته المشوقة، وجسده القوى، فوق ذلك المقعد الخشبي الشبيه بالعرش، والذي يحتل موقعًا بارزًا في خيمته الضخمة، وهو يستمع إلى أحد جواسيسه، الذي يقول في حماس:

- وهكذا غادر (فخر الدين) المعسكر إلى (مصر) برسالة إلى شقيق (صلاح الدين).. وسيعود حاملًا الرسالة الأخرى، وأرى أن نهاجمه ونقتله، قبل أن يصل بالرسالة إلى مصر يا مولاي.

عقد ريتشارد حاجبية مفكرًا بعض الوقت، ثم هز رأسه نفيًا، وقال:

- خطأ يا رجل.. لسنا نحتاج إلى منع وصول رسالة صلاح الدين إلى شقيقه، بقدر ما نحتاج إلى معرفة فحوى رسالة شقيقه إليه، وما تحويه من معلومات عنا.. الفضول ينهشني في شدة، لمعرفة تلك المعلومات، التي لا تتوافر لرجل مثل (صلاح الدين)، في ساحة المعركة، وتتوافر لشقيقه في (القاهرة)، ويحتاجها هو إلى هذا الحد.

قال مستشاره، الذي يقف إلى جوار العرش:

- ربما كانت معلومات من بلادنا يا مولاى، تصف عتادنا وجيوشنا، التي وصلت إلى هنا، لتدعيم قوتنا، قبل الحرب الفاصلة.. هذا هو التفسير المنطقي الوحيد، فربما حمل جاسوس هذه المعلومات من (أوروبا) إلى (الإسكندرية)، وأرسل (صلاح الدين) فارسه هذا لإحضارها.

التقى حاجبا (ريتشارد) في شدة، وهو يقول:

في هذه الحالة يكون الأمر بالغ الخطورة بالفعل.

ونهض عن عرشه، فتراجع الجميع في هيبة، وهم ينحنون، وهبط هو إلى أرض الخيمة، وراح يتحرّك

لحظات في صمت، وهو يداعب لحيته الكثة بأصابعه، ثم لم يلبث أن توقف، وقال في حزم:

ـ أريد هذه الرسالة.. أريدها بعد خروج فارس (صلاح الدين) من (القاهرة)، وقبل عودته إلى هنا.. أريد معرفة ما تحويه بالضبط، ومنع وصولها إلى (صلاح الدين) في الوقت ذاته.

ثم ضرب سطح منضدة قريبة بقبضته في غضب، صارخًا:

ـ أريد هذه الرسالة.

انتفض الحاضرون في خوف، وانحنى مستشاره، وهو يقول:

ـ كما تأمر يا مولاي.. كما تأمر.

وبدأت مهمة ثانية..

الصاعقة

تألق البرق في السماء، وانهمرت الأمطار في شدة، في تلك الليلة، و(فخر الدين) يعبر أسوار (القاهرة)، وينطلق على متن جواده، وسط العاصفة والظلام، حاملًا الرسال التي تحوي كل الأسرار والمعلومات، التي يطلبها (صلاح الدين الأيوبي)..

كانت رحلته إلى (القاهرة) قد انتهت في سلام، وسلَّم الرسالة إلى شقيق (صلاح الدين)، الذي طالعها في اهتمام، ثم سلّمه رسالة أخرى، مختومة بخاتم السلطنة، وأوصاه بضرورة الحفاظ عليها، والعمل على توصيلها إلى السلطان، في أسرع وقت ممكن، ومهما كانت العقبات..

وكان هذا هو الجزء الأصعب من المهمة، والأكثر خطورة في رأيه ..

ولكن (فخر الدين) كان فارسًا صنديدًا، لا يرتجف قلبه أمام الصعاب، ولا يتراجع أبدا أمام المخاطر..

كان فارسًا بمعنى الكلمة..

وعلى الرغم من الرياح والأمطار، والبرق والعواصف والظلام، انطلق (فخر الدين) على ظهر جواده، وكيانه كله لا يحمل سوى هدف واحد..

المهمة..

ولكن فجأة ظهر هؤلاء الفرسان..

خمسة فرسان أشداء، اعترضوا طريقه بجيادهم وسيوفهم، وهم يرتدون الثياب العربية، فجذب عنان جواده، وخفف من سرعته، وهو يقول في غضب:

- أفسحوا الطريق يا أخوة العرب.

ولكن أحدهم قال بلكنته الأجنبية الواضحة، في صرامة شديدة:

- نريد الرسالة.

عندئذ فهم (فخر الدين) الأمر كله، فقفزت قبضته إلى مقبض سيفه، وهو يقول:

- أية رسالة؟

صاح به الفارس الصليبي في خشونة:

- أعطنا رسالة (صلاح الدين)، أو نمزقك شر ممزَّق.

التقى حاجبا (فخر الدين)، وهو يقول:

- إذن، فأنت لم تترك لي خيار أيها الأجنبي.

شهر الرجل سيفه في وجه (فخر الدين)، والتفّ الآخرون حوله بسيوفهم، وهو يقول في غلظة مخيفة:

- هذا صحيح أيها العربي.

استلّ (فخر الدين) سيفه بحركة سريعة صارمة، وهو يهتف:

- لقد اخترت إذن.

والتقت السيوف..

كان صليلها مخيفًا، متصلًا، كاد يعلو- في بعض الضربات- على هزيم الرعد، و(فخر الدين) يقاتل الفرسان الخمسة في بسالة وقوة وإصرار..

ولكن ماذا يفعل فارس منفرد، أمام خمسة من أقوى الفرسان؟..!

وقفزت إلى ذهن (فخر الدين) كلمة واحدة، وهو يتراجع مقاتلًا.. الرسالة..

لابد من تدمير الرسالة، لو لم يكن النصر مضمونًا، في هذا القتال..

وبكل الحزم، غاص سيفه في قلب أحد الفرسان الخمسة، ثم خرج ليضـــرب ذراع فارس ثان، قبل أن يلكز (فخر الدين) بطن جواده بكعبية، ثم ينطلق وســـط الفرســـان، مبتعدًا عن ساحة القتال..

لم يكن يبغض في حياتـه كلها أشـــدّ من الفرار، إلا أن طبيعة الأمر كانت تحتم عليه هذا.. فالقتال غير متكافئ، ولو قتله هؤلاء الأعداء ستقع الرسـالة في أيديهم، وتفشل مهمته..

ولقد وعد قائده وسلطانه..

وعده ألا تقع الرسالة في أيدي الأعداء..

مهما كان الثمن.

وفي غضب، صاح قائد الفرسان:

- خلفه يا رجال.. اقتلوه.. خذوا منه الرسالة.

وبدأت مطاردة رهيبة..

كان (فخر الدين) ينطلق بكل قوته، وجواده ينهب الأرض نهبًا، وخلفه أربعة من الفرســـان، على جياد قوية، تمتزج رغبتهم في النصـــر بغضـــبهم لمصـــرع زميلهم.. فيفجر المزيج في أعماقهم إصرارًا رهيبًا، على الفوز بالرسـالة، والفتك بـ (فخر الدين)..

وعلى الرغم من قوة جواد (فخر الدين)، إلا أن الفرســـان الأربعة لم يلبثوا أن لحقو به، وانقضوا عليه بسيوفهم مرة أخرى، وضرب قائدهم حزام سرج الجواد، وهو يصرخ:

- ستموت أيها العربي.. ستموت حتمًا.

أصابت الضربة بطن الجواد، ومزقت الحزام، ففقد (فخر الدين) توازنه، وســـقط من فوق الجواد، وقائد الفرســـان يصرخ:

- ها هوذا بين أيدينا.. اقتلوه.. اقتلوه بلا رحمة.

هب (فخر الدين) واقفًا على قدميه، وألقى نظرة سـريعة على جواده، الذي كان يلفظ أنفاســه الأخيرة.. ثم أمسـك الرسـالة التي يخفيها في طيَّات ثيابه، بكل قوته، وأمسك سـيفه باليد الأخرى، وانطلق يعدو، وخلفه الفرسـان الأربعة على جيادهم، وقائدهم يهتف في ظفر:

- لقد وقع في أيدينا.

كان من الصـعب – بل من المسـتحيل – أن ينجح (فخر الدين) في الفرار على قدميه – مهما بلغت سـرعته – من الجياد الأربعة، ولكن كل ذرة في أعماقه كانت تشـعر بالألم والمرارة، وهو يجد نفسـه عاجزًا، حتى عن تمزيق وتدمير الرسالة..

لو توقف لحظة واحدة فسيلحقون به، ويحصلون عليها..

ولو واصل العدو أيضًا فسيلحقون به..

ويحصلون على الرسالة.. وفي حزم اتخذ قراره..

وبانحرافة مباغتة، اتجه إلى جذع شـجرة كبيرة، وأخرج الرسـالة من جيبه وصــاح وهو يرفع سـيفه، ليهوي به عليها:

- لن تحصلوا عليها أبدًا..

وفجأة.. وقبل أن يهوي سيفه، هوت الصاعقة..

التمعت السماء ببريق قوي رهيب، وهوت صـاعقة هائلة على الشجرة..

وعلى (فخر الدين) مباشرة..

وأمام أعين الفرسـان الأربعة، تألق (فخر الدين) كشـمس صـغيرة، وأحاطت بجسـده هالة كبيرة، احتوته في لحظة واحدة، ثم انكمشت في سرعة مذهلة، و...

وتلاشى معها (فخر الدين)..

وفي ذهول، توقف الفرســان الأربعــة، وغمغم قائدهم مشدوهًا:

- لقد.. لقد اختفى.

ولم يجبه أحد رجاله..

لقد شملهم الذهول..

الذهول التام..

☆ ☆ ☆

لم يكن هناك أي ألم..

كل ما شـعر به (فخر الدين) مجرَّد دغدغة خفيفة، سرت في كل خلية من خلاياه، عندما أحاطت به تلك الهالة الكبيرة، ثم اعتصـرته في لحظة واحدة، وعبرت جسـده، لتستقر في أعماقه..

ثم انتفض (فخر الدين)..

انتفض وهو يحدّق في تلك الأضـواء المبهرة، التي ظهرت أمامه فجأة، في نفس الموضـع، الذي كان يقف فيه الفرســان الأربعــة، والذين اختفوا بدورهم من أمامه، وتلاشوا، وكأنه لم يكن لهم وجود من قبل أبدًا..

ولم يكن وحده يشعر بالدهشة..

كان هناك أربعة أشخاص يشاركونه دهشته، داخل كابينة زجــاجيــة كبيرة، تحميهم من المطر المنهمر، وتحمي أجهزتهم التكنولوجيــة، التي اعتمـدوا عليهـا في إجراء تجربتهم العجيبة..

كانوا ثلاثة من الرجال وامرأة واحدة، هي أوَّل من قطع الصـمت والذهول، وهي تنهض من مقعدها، وتشـير إلى (فخر الدين)، قائلة:

- من هذا؟.. ومن أين أتى؟

رآها (فخر الدين) تشير إليه، فشدَّد قبضته على الرسالة، وأمسك مقبض سيفه بقبضته الأخرى، وكيانه كله ينتفض في حيرة وتوتر ورهبة، وهو يدير عينيه في تلك الأجسام المعدنية، التي تنبعث من منتصفها أضواء مبهرة، تفوق أكثر الأضواء التي يعرفها سطوعًا، باستثناء ضوء الشمس..

ومن بعيد، لاحت له أضواء أخرى متناثرة، وكأن النجوم هبطت إلى الأرض، وتراصت فوق الجبال..

ولم يفهم (فخر الدين) من أين أتى كل هذا؟

لم يفهم حتى ماذا حدث؟

كل ما كان يفهمه ويدركه، في هذه اللحظة، هو أن الرسالة ما تزال في يده، وأن المهمة لم تفشل بعد..

وقبل أن يفكر فيما حدث، أو يسمح لعقله بالحيرة والذهول، انطلق (فخر الدين) يعدو مبتعدًا، وأحد الرجال الثلاثة يغادر الكابينة الزجاجية، ويهتف به:

- أنت.. انتظر..

ولكن (فخر الدين) لم يتوقف، وإنما راح يبتعد وهو يركض بكل قوته، وعقله يكاد ينفجر من شدة الحيرة والتوتر، ويتساءل في ذهول:

- ماذا حدث؟.. أين أنا؟

ولم يكن يدرك، أو يمكن أن يدرك أبدًا حقيقة ذلك الأمر، الذي يفوق حتى إدراك من ولدوا بعده بثمانية قرون كاملة..

أو بمعنى أدق، أولئك الذين يحبون ويعيشون في ذلك القرن، الذي قفز إليه فجأة عبر فجوة زمنية..

القرن العشرين..

☆ ☆ ☆

سطع البرق في السماء، وعبر الضوء نافذة حجرة مكتب (حسني الجمال)، صاحب ومدير واحدة من شركات الاستيراد والتصدير الكبرى، وسقط على وجه سكرتيرته (نادية)، التي بدت شاحبة كالموتى، وهي تجلس بين أربعة من العمالقة الأشداء، غلاظ الملامح والقلوب، وتتطلَّع في ذعر واضح إلى (حسني) نفسه، الذي التقط نفسًا عميقًا من سيجاره، ونفثه في سقف الحجرة، قبل أن يخفض عينيه إليها، ويقول في صرامة:

- إذن فأنت تعرفين كل شيء.

ازداد وجهها شحوبًا، وانكمشت في مقعدها أكثر وأكثر، وهي تقول بصوت مختنق مبحوح، يرتجف كل حرف فيه على شفتيها المرتعدتين:

- لم أقصد هذا يا (حسني) بك.. لم أقصده بالتأكيد.. كل هذا حدث بالمصادفة.

ابتسم في سخرية وحشية، وهو يقول:

- بالمصادفة؟!.. يا لها من مصادفة عجيبة، تلك التي جعلتك تعرفين أسرارنا، وتسرقين بعض الوثائق، التي تكفي لإدانتي، وإعدامي على أقل تقدير، وتحتفظين بها في مكان مجهول.

ثم مال نحوها، وأضاف في غضب، وهو يضرب بيده مظروفًا على سطح مكتبه:

- بل تجرئين على تهديدي بها.

لوَّحت بكفيها، وهي تقول في ارتياع بالغ:

- ولقد استعدت أنت كل الأوراق والوثائق، وتعلم جيدًا أنني تورّطت مثلكم. في هذا العمل القذر، ولن يمكنني إبلاغ الشرطة.. أطلق سراحي إذن، و...

قاطعها بصوت هادر:

- خطأ.

حاولت أن تنكمش مرة أخرى في مقعدها، ولكن جسدها الضئيل كان قد انكمش في المقعد، حتى كاد ينطبق عليه، ولم يعد هناك مجال لانكماش آخر، وهو يتابع بصوته المخيف:

- أين العقاب إذن؟.. لقد جرؤت يومًا على تحدي (حسني الجمال).. فهل يمر هذا دون عقاب؟

اتسعت عيناها في هلع، وهو ينفث دخان سيجاره، قبل أن يستطرد:

- يبدو أنك لا تدركين كيف كوَّنت سمعتي.. إنني أحارب في عالمين، لا يعرف أيهما الرحمة.. عالم المال والأعمال الرسمي المعروف، وعالمنا السر، الذي ننتمي إليه.. وفي العالمين اعتاد الجميع أن من يجرؤ على إغضابي ينال عادة عقابًا قاسيًا ورادعًا.. لا يردعه وحده فحسب، وإنما يكفي لترتعد فرائص كل من تسوّل له نفسه الاقتراب مني.

ثم مال نحوها، وابتسم ابتسامة مخيفة، مع مواصلته:

- وهذا ما سأفعله بك يا عزيزي.

ارتجفت شفتاها، وتجمَّد جسدها كله، كما لو كانت داخل ثلاجة كبيرة، وهو يعتدل، ويشير إلى أحد الرجال الأربعة، الذي يحيطون بها، ويقول في مصرامة:

- هيا.. انه هذا العمل.

انتقلت ابتسامته الرهيبة إلى شفتي الرجل، الذي مال نحوها، وهو يحلّ رباط عنقه، ثم استعد ليحيط به عنقها، و....

وفجأة انطفأت أنوار الحجرة، وانقطع التيار الكهربي..

ولم تدر (نادية) ماذا أصابها عندئذ!

لقد دبت في جسدها قوة مباغتة، وكأنما جاء انقطاع التيار لينقذها من براثن (حسني) ورجاله، فانزلقت بحركة رشيقة سريعة، ساعدها عليها جسدها الضئيل، وانفلتت من بين ذراعي الرجل الضخم، قبل أن يحيط عنقها برباط عنقه، و(حسني) يهتف في عصبية:

- اشعلوا المصابيح الإضافية.. أو حتى قدَّاحاتكم.. إنني أكره الظلام.

وبحركة سريعة، وثبت (نادية) نحو المكتب، وشحذت ذاكرتها؛ لتحدد موضع المظروف بالضبط، وسط الظلام الدامس، ومدَّت يدها تلتقطه، والرجل يهتف:

- لقد هربت الفتاة.

صاح (حسني):

- هربت؟!.. ماذا تعني بالضبط؟

وهنا سطع البرق مرة أخرى في السماء..

وعلى ضوء البرق، وقع بصرها على المظروف، ووقع بصر الرجال عليها، وصاح (حسني):

- ها هي ذي.. اقبضوا عليها.

وبحركة آلية، اختطفت (نادية) مظروف الوثائق المنتفخ وقفزت مبتعدة عن قبضات الرجال الأربعة، الذين عادوا يتخبطون في الظلام الدامس، و(حسني) يهتف بهم:

- ماذا أصابكم؟، هل ستسمحون لها بخداعكم هكذا؟

ولكن (نادية) كانت قد بلغت باب الحجرة، فدفعته بجسدها، وانطلقت تعدو بكل قوتها، و(حسني) يصرخ خلفها:

- الحقوا بها.. اقتلوها ..

وانطلق الرجال الأربعة خلفها..

وعلى الرغم من الظلام الدامس، راحت (نادية) تعدو هابطة سلم البناية، ووقع أقدام الرجال الأربعة يطاردها، حتى بلغت المدخل، فصاحت بحارس الأمن هناك:

- أسرع.. إنهم يريدونك بأعلى.

تحرَّك الرجل على نحو غريزي، واندفع نحو السلّم، في حين اندفعت هي عبر المدخل، وواصلت عدوها خارج المبنى، وسط المنطقة المقفرة المهجورة، التي تحيط به..

وصاح أحد الرجال الأربعة خلفها :

- توقفي، أو أطلق النار.

ولكنها لم تتوقف..

كانت تعلم أن توقفها أو استمرارها يحملان النهاية نفسها؛ لذا فقد واصلت عدوها، حتى بلغت سيارتها الصغيرة، فقفزت داخلها، وأدارت محرّكها، وهي تقول مرتعدة:

- هيَّا أيتها الصغيرة.. لا تخذلي صاحبتك هذه المرة.. انطلقى بكل قوتك.. هيا.

لم يستجب لها المحرّك العتيق في البداية، واقترب منها الرجال الأربعة أكثر وأكثر..

ثم استجاب المحرّك..

وفي اللحظة الأخيرة، وقبل أن يبلغها الرجال الأربعة، انطلقت بها السيارة الصغيرة، وعبرت شريطًا غير ممهد من الأرض، قبل أن تثب إلى الطريق الأسفلتي، وقائد الرجال الأربعة يصيح:

- أحضروا (المرسيدس).. سنطارد هذه اللعينة.

أما هي، فقد انطلقت مبتعدة، بأقصى سرعة يسمح بها محرّك السيارة الصغيرة، وهي تقول مرتجفة:

- أنقذني يا ربي.. أنقذني..

كانت تتدفع بالســيارة، وقلبها يخفق بشــدة، عندما اندفع أمامها شــبح عبر الطريق، وتوقف فجأة أمام أضــواء السيارة المبهرة..

وصاحت (نادية) في ارتياع:

- ابتعد.. ابتعد بالله عليك.

ولكن مع الســرعة التي تنطلق بها، والتوتر الشــديد في أعماقها، لم يكن هناك مفر من الاصطدام بذلك الشبح..

أو بمعنى أدق بـ (فخر الدين)..

الفارس (فخر الدين)..

☆☆☆

الماضي والحاضر

تعلّقت عينا الدكتور (سليم فهمي)، أستاذ علوم الطقس والمناخ، بقاعدة الشجرة الكبيرة، وهو يحك رأسه بسبَّابته في حيرة، غير مبال بالأمطار التي تنهمر عليه، ثم لم يلبث أن رفع عينيه إلى أعلى، متطلّعا إلى السماء، التي تلتمع بالبرق، كل لحظة وأخرى، وتنهد في عمق، في نفس اللحظة التي لحقته فيها زميلته الدكتورة (إلهام)، وهي تقول:

- ستصاب بنوبة برد، لو لم تعد إلى كابينة الاختبارات .

لم يبد أنه قد فهم ما تقول، وهو يشير إلى جذع الشجرة، قائلًا:

- هل رأيت ما حدث؟.. لقد برز ذلك الشخص من الفراغ.. هل رأيت ماذا كان يرتدي؟

أجابته في توتر:

- ربما هو مجرَّد ممثل هزلي، في فرقة مسرحية شعبية، أو...

قاطعها هاتفًا:

- ممثل هزلي؟!.. أهذا ما تقوله عالمة محترمة مثلك؟

عقدت حاجبيها، وتنحنحت، قبل أن تغمغم في حذر:

- ألديك تفسير آخر؟

هتف في حماس:

- بالطبع.

ثم استدرك: وهو يرمقها بنظرة جانبية.

- ولكنه لن يروق لك.

لوَّحت بسبَّابتها في وجهه، وقالت:

- اسمع.. لو عدت إلى أفكارك الخيالية هذه، فسوف.

قاطعها في حماس:

- ألديك أنت تفسـير آخر؟.. لقد كنا نجري تجربة جديدة، حول ذلك الجهـاز الحربي، الـذي يختزن الصـواعق، ويمكنه استخدامها مرة أخرى، كسـلاح حربي، وعندما بدأت التجربـة، واجتذبنـا أول صـاعقة إلى جـذع تلك الشـجرة، رأينا جميعًا تلك الهالة العجيبة، التي لم نر لها مثيلًا فى علم الأرصـاد كله، وبعدها ظهر ذلك الفارس القديم فجأة من الفراغ.. ألكل هذا تفسـير آخر، بخلاف ذلك الذي وضعته أنا؟!

ثم مال نحوها، وأضاف:

- لقد صـنعت تجربتنا فجوة زمنية، والتقطت فارسًـا من العصور القديمة.

تطلَّعت إليه لحظة، بنظرة تحمل شـيئًا من الذعر، ثم لم تلبث أن هزت رأسها في عنف، هاتفة:

- لا يمكنني تصديق هذا.. إنه غير علمي.

ابتسم قائلًا:

- من قال هذا؟.. إنه الزمن، الذي تحدَّث عنه (أينشـتين)، وأكد بمعادلاته أنه من الممكن التحرّك عبره أمامًا وخلفًا.. كل ما في الأمر أننا نحن أول من يثبت هذا.

قالت في حدة:

- إننا لم نثبته بعد.. كل هذا مجرَّد تخمين واستنتاج.

اعتدل ومسـح شـعره، الذي التصـق بجبهته، من شـدة المطر، وقال:

- هناك وسيلة واحدة لإثبات هذا.

تطلَّعت إليه متسائلة، فأضاف في حزم:

- أن نعثر عليه.. على فارس العصور القديمة.

وحملت نظرتها هذه المرة ذعرًا أكثر..

☆ ☆ ☆

تأملت وجهه وثيابه، والسيف الذي يمسك به، ثم قالت ساخرة:
- من أي عصر أنت إذن أيها المصري؟ أمن عصر (محمد علي)، أم (صلاح الدين الأيوبي)؟
التقى حاجباه في توتر شديد، وهو يقول:
- من (محمد علي) هذا؟.. ولماذا أشرت إلى عصر السلطان (صلاح الدين الأيوبي) باعتباره عصرًا مضى.. هل أصاب السلطان مكروه؟
حدَّقت في وجهه بذهول هذه المرة، وهي تغمغم:
- أصابه ماذا؟.. ألم تستذكر كتب التاريخ جيدًا؟!.. (صلاح الدين) هذا..
قاطعها فجأة ضوء ساطع، أتى عبر الطريق، فالتفتت إليه في ذعر، وتطلّع إليه (فخر الدين) أيضًا، وهو يقول في توتر:
- صندوق ساطع آخر.
أدركت على الفور أنهم رجال (حسني)، فصاحت به في ارتياع:
- انقذني.. أرجوك.. إنهم هنا لقتلي.
التقى حاجباه، وهو يتطلّع إليها في دهشة، قائلًا:
- قتلك أنت؟!.. هذا مستحيل!.. ما من رجل يقتل امرأة، حتى ولو..
صاحت به مقاطعة:
- إنهم سيقتلونني.. أنقذني.. أرجوك.
فجَّرت صيحتها روح الفارس في أعماقه، فاعتدل في حزم، ورفع سيفه قائلًا:
- اطمئني يا فتاة.. لن يمس أحد ركاب هذا الصندوق الساطع شعرة واحدة منك، إلا على جثتي..

ولكن لماذا يتطلّع إليها بهذه الحيرة؟..
وما هذا الزي الذي يرتديه؟
وفي توتر، نفضت ثوبها، وقالت:
- شكرًا لك.. من حسن حظي أن وجدتك.
ثم تذكرت فجأة أن وجوده هو سبب ما أصابها، فصاحت
محنقة:
- لماذا وقفت في منتصف الطريق؟.. هل نسيت قواعد
المرور كلها؟
وفوجئت به يسألها:
- من أين أنت؟!
أدهشتها لغته العربية الفصحى، والأسلوب الذي نطق به
سؤاله، فقالت في عصبية:
- ماذا تعني؟!.. إنني مصرية بالطبع.. ولكن ماذا عنك؟..
أأنت سعودي؟ أم كويتي؟ أم..؟
قاطعها في توتر:
- عجبًا!.. كيف تكونين مصرية، ولست أفهم حديثك
جيدًا؟.. بأية لغة تتحدثين بالله عليك؟
قالت في دهشة:
- بالعربية.
هتف محنقًا:
- أية عربية؟.. أنا مصري أبا عن جد، ولكن لغتك هذه
عجيبة، حتى أنني بالكاد أفهمك.. إنها مزيج من الفارسية
والتركية والعربية، و..
قاطعته مستنكرة:
- أنت مصري؟!.. هل تحاول إقناعي بهذا؟
أشار إلى صدرة في حزم، قائلًا:
- بالطبع.. أنا مصري، وأفخر بهذا.

وتجمَّد (فخر الدين) في مكانه لحظة، وقد استحالت حيرته إلى دهشة بالغة..
ذلك الوحش، ذو العينين الساطعتين، لم يكن سوى صندوق من المعدن، ينطلق فوق إطارات من مادة عجيبة..
وفي حذر، تطلَّع (فخر الدين) إلى السيارة المقلوبة، وإطاراتها التي تدور في الهواء، وتساءل في أعماقه:
- أهو سلاح حربي جديد.. صنعه الصليبيون؟!
استنكر عقله الفكرة في بدايتها، فهو في (مصر) الآن، وليس بالقرب من بيت المقدس، حيث تشتد قوتهم، وبدا له أنه من المحتم وجود تفسير آخر لما يحدث، فاقترب من السيارة في خطوات حذرة، وسيفه متحفز في قبضته، ورأي عبر زجاجها الخلفي جسدًا ضئيلًا، يقاوم في شدة، ليغادرها، فاقترب أكثر، وتطلّع داخل السيارة في حيرة..
ووقع بصر (نادية) عليه فانتفضت في البداية، متصوّرة أنه أحد رجال (حسني)، ثم لم تلبث أن شعرت بالدهشة، بسبب هذا الزي الذي يرتديه، إلا أن كل مشاعرها هذه تراجعت بسرعة، أمام شعورها بالخوف، وهي تهتف به:
- أنت.. لا تقف متطلّعا إلي هكذا.. هيا.. عاوني على الخروج من هنا .
بدت على ملامحه الحيرة أكثر، ولكنه اعتدل، وقفز فوق السيارة، ومدّ يده عبر زجاجها المفتوح، وانتظر حتى أمسكت يدها بيده، ثم جذبها عبر النافذة إلى الخارج..
وامتلأت نفسها بالدهشة..
إنه قوي، مفتول العضلات، جذبها في بساطة، كما لو كانت طفلة صغيرة..
وهو أيضًا وسيم، بلحيته القصيرة، وشاربه الرفيع..

كل شـــيء حول (فخر الدين) كـان يثير حيرتـه وتوتره ودهشته..
الأضواء التي تأتي من بعيد..
تلك المادة السـوداء الصـلبة، التي تغطي الأرض، في خطوط عريضة، تمتدّ طويلًا..
كل شيء..
ولكن كل هذا لم يمنعه من إتمام مهمته..
لقد واصـل عدوه، في الاتجاه الذي انتخبه عقله، بحثًا عن جواد، يتم به المهمة، التي كلَّفه إياها السـلطان (صـلاح الـدين)، والتي قـد تعتمـد عليهـا نتيجـة المعركـة القـادمـة الشاملة..
وفجـأة رأي أمامـه ذلـك الوحش، الـذي ينبعث من عينيـه ضوء ساطع رهيب.
وكان الوحش يتحرَّك بسرعة مخيفة في اتجاهه..
ولم يكن من الممكن أن يتراجع..
وفي حزم صــارم، توفق (فخر الـدين) في منتصـف الطريق، يواجه ذلك الوحش بكل البسالة والجرأة، واستل سيفه، و...
وصـرخت (نادية)، وهي تضـغط فرامل السـيارة بكل قوتها، ولكن الإطارات انزلقت فوق الطريق الأسـفلتي، الذي غمرته مياه الأمطار، ففقدت السيطرة على السيارة، التي انحرفـت في حـدة، قبـل أن تبلغ (فخر الـدين)، وتجـاوزت الطريق الأسـفلتي، وقفزت فوق الرمـال المحيطة به، ثم مالت في شـدة، وانقلبت على جانبها في عنف، وراحت تزحف فوق الرمال، على هذا الوضـع لحظات، قبل أن تتوقف تمامًا..

ألقت نظرة ملتاعة على السيارة، التي تقترب في سرعة، وهتفت:

- بسيف؟!.. هل تنوي مواجهة أربعة رجال، بسيف واحد.. إنهم يحملون المسدسات.

سألها في حيرة :

- ال.. ماذا؟!

ضمَّت قبضتها، ورفعت سبَّابتها وإبهامها، وهي تقول في عصبية:

- المسدسات.. بانج.. بانج.. تلك الأسلحة الصغيرة، التي تحوي الرصاصات، وتقتل بتصويبها من بعيد.. ألا تعرفها.. إنهم سيقتلونك قبل أن تبلغ موضعهم بعشرة أمتار على الأقل.

لم يفهم ما الذي تعنيه، إلا أن توتره تضاعف، وهو يقول:

- تقصدين شيئا مثل (المنجنيق).

هتفت في حدة:

- تمامًا، ولكنه أكثر خطورة، فهو صغير الحجم، يمكن الإمساك به في قبضة اليد، ورصاصاته قاتلة بلا رحمة.. هل تذكرت الآن؟

قالتها والسيارة تتوقف على قيد أمتار منهما، فأضافت في انهيار:

- وعلى أية حال، لم تعد هناك فائدة.. أية فائدة.

وفي نفس اللحظة غادر الرجال الأربعة السيارة، وصوَّب كبيرهم مسدسه إليها، قائلًا في سخرية:

- إذن فهي نهاية الطريق يا (نادية).

ولكن (فخر الدين) أزاح (نادية) عن مسار الرصاصة، ودفعها خلفه ليحميها بجسده، وهو يشهر سيفه في وجه الرجل، قائلًا في صرامة:

- إنهـا تحـت حمـايتي، ولابـد مـن مبـارزتي، لو أردت استعادتها .

ابتسـم الرجـال الأربعة فـي سـخرية، وقال الذي يصـوب مسدسه:

- ما هذا بالضـبط؟.. مهرج سـقط من كتاب التاريخ؟!.. أين عثرت على هذا الشيء يا (نادية)؟

بدا له صوت (فخر الدين) حازمًا صارمًا، وهو يقول:

- ما قولك؟.. هل تبارزني؟

تطلّع إليه الرجل في اسـتهتار سـاخر، ثم جذب إبرة مسدسه، وقال:

- فليكن يا خريج مسـتشـفى الأمراض العقلية.. هيا.. سيبارز كل منا بسلاحه.

وصوب مسدسه إلى (فخر الدين). الذي يبعد أربعة أمتار فحسب، و...

وأطلق النار..

☆ ☆ ☆

صراع العصور

.."انظر ما الذي عثرنا عليه"..

التفت الدكتور (ســليم) إلى مساعده، الذي يهرع إليه، والدهشــة تملأ صــوته وملامحه، وتطلّع في اهتمام إلى ذلك الشـــيء الذي يحمله في يده، في حين قالت (إلهام)، وهي تلتقط ذلك الشيء من يد المساعد في لهفة:

- ما هذا بالضبط؟

ثم اتسعت عيناها في دهشة، وهي تحدّق فيما بدا لها أشبه ببقايا مسـدس قديم، تآكل معظمه بفعل الزمن والصـدأ، وهتفت:

- أين عثرتم عليه؟

أجابها الرجل في انفعال:

- عند قاعدة الشــجرة.. لقد أردنا فحص التوصــيلات والأســلاك، والبحث عن أية مواد غريبة، قد يكون لها تأثير سلبي على أجهزتنا. فعثرنا عليه..

التقط الدكتور (سـليم) بقايا المسـدس الصـدئ من يد (إلهام)، وفحصه في عناية، قبل أن يقول:

- صحيح أنني لست عالم آثار، ولكن شكل هذا المسدس يوحي بأنه مدفون عند قاعدة الشـجرة، منذ خمسـة قرون على الأقل.

ابتسمت (إلهام)، وقالت ساخرة:

- عجبًا!.. كنت أضن المسدسات اختراع حديث، يعود إلى ما بعد هذا بكثير.

هزّ كتفيه، وقال:

- من يدري؟.. لم يعد للزمن قيمة، عند جذع الشجرة.

والتفت إلى الشجرة الكبيرة، مضيفًا في خفوت:

- لقد فتحنا فجوة عبر الزمن، والله (سبحانه وتعالى) وحده يعلم، ما الذي يمكن أن يأتي عبرها..
ولم تجد هي ما تقول..

☆☆☆

انتفض جسد (نادية) في ارتياع، عندما انطلقت الرصاصة، ثم اتسعت عيناها في ذهول شديد، على الرغم من أنها رأت بعينيها ما حدث، في الثانية التي سبقت انطلاقها..
لقد تحرك (فخر الدين) فجأة، ووثب إلى الأمام، وضرب يد الرجل بسيفه، فأصاب أصابعه، وبترها مع المسدس الذي تمسك به، والذي انطلقت منه الرصاصة في الهواء، وأصابت صخرة قريبة..
وصرخ الرجل في ألم ورعب، وتراجع رجاله الثلاثة في حركة غريزية، ملأها الخوف وعامل المفاجأة، في حين قفز (فخر الدين) إلى الخلف بدوره، وجذب (نادية) من يدها، وهتف:
- هيا بنا.
لم يكن قد استوعب تمامًا ما أصابه، ولم يكن قد أدرك طبيعة العصر، الذي انتقل إليه عبر الزمن، ولكنه رأى الرصاصة تصيب الصخرة الصغيرة، وتقسمها إلى نصفين، وفهم قوة تلك الأسلحة الصغيرة..
وأدرك ضرورة الفرار..
وفي استسلام تام، تركته (نادية) يجذبها، وهو يعدو معها نحو منطقة قريبة، تحوي عددًا من المساكن الحديثة، التي لم يتم تشييدها بعد، في حين كان الرجل المصاب يصرخ:

- الحقوا بهما.. اقتلوهما.. لقد بتر أصابع يدي.. إنني أحتاج إلى إسعاف عاجل.. النجدة..
ومع صرخته، استيقظ زملاؤه الثلاثة من ذهولهم وخوفهم، واستلّ كل منهم مسدسه، وراحوا يطلقون النار على (فخر الدين) و(نادية)، اللذين ابتلعهما الظلام وسط العاصفة والمطر..
ووصل (فخر الدين) و(نادية) إلى المساكن الحديثة، وتطلَّع هو إليها في رهبة، وهو يقول:
- متى بنوا هذه القلاع؟.. لم أشاهدها عند قدومي.
تطلَّعت إليه في دهشة شديدة، وغمغمت:
- القلاع؟!
ولكنه جذبها مرة أخرى، وهو يقول:
- دعينا من هذا الآن.. فلنختبئ من حاملي أسلحة النيران هؤلاء، ثم نناقش هذا فيما بعد.
لهثت قائلة :
- لم أعد أستطيع.. قلبي يكاد يتمزق من المجهود، و...
شهقت عندما حملها فجأة بين ذراعيه، وهتفت:
- ماذا تفعل؟
أجابها في حزم، وهو يتجه نحو أقرب البنايات إليه:
- لقد أصابك التعب.. أليس كذلك؟
همَّت بالاعتراض، ثم لم تلبث أن استكانت له تمامًا، وتركته يحملها كطفلة صغيرة، وهو يصعد في درجات السلالم الحديثة، إلى الطابق العلوي من البناية..
كان قوي البنية، حازمًا، صارمًا، من طراز لم تلتق بمثله قط من قبل..
وكان فارسًا..
فارسًا بمعنى الكلمة..

وعلى الرغم من الظروف التي يمرَّان بهـا، خفق قلبهـا بين ضـلوعها، وهو يفرد حرملته على أرض الطـابق العلوي، ويرقدها فوقها في رفق، قائلًا:
- استريحي هنا، حتى ينتهي كل شيء.
غمغمت، وقد اعتراها الخجل منه لأوَّل مرة:
- أشكرك.
اطمئن إلي رقودها في ارتياح، ثم وقف يستل سيفه مرة أخرى، فقالت في قلق:
- ماذا تفعل؟
أجابها في حزم:
- ربما يصل إليك أحدهم.
خفق قلبها مرة أخرى، وهي تقول في خفوت:
- هل تحاول حمايتي؟
أجاب في قوة:
- بالتأكيد.
رقص قلبها طربًا لعبارته، وخيل إليها أنها أميرة من عصر الفرسان، التقت بفارس أحلامها، الذي يحميها من اللصوص والأشرار..
إنها تحلم دائمًا بالعيش في زمن الفرسان..
تحلم فحسب..
وعلى ضـوء البرق، الذي دام لجزء من الثانية، تأملت ملامحه الوسيمة، قبل أن تهمس في نشوة وخفوت.
- من أين أتيت؟
أجاب وهو يراقب الباب في حذر:
- من جيش السلطان المظفر (صـلاح الدين الأيوبي).. هناك مهمة بالغة الخطورة، أقوم بها من أجل..
بتر عبارته بغتة، وقال في صرامة :

- مجرَّد مهمة، لا شأن لأحد بها.
بدا لها حديثة أشــبه بهذيان مجنون، إلا أنه لم يبد لها أبدًا أشبه بالمجانين، فسألته:
- وما اسمك؟
أجاب بسرعة:
- (فخر الدين الأيوبي).. أنا قريب للسلطان.
تنهَّدت وقالت:
- فليكن.. لن أناقشــك فيما تقول، ولكن لماذا تخليت عن مهمتك، وسعيت لإنقاذي؟
أجاب في صرامة :
- أنت امرأة.. وما من فارس يتخلّى عن امرأة اســتنجدت به.
دغدغت العبارة حواســها مرة أخرى، فارتســمت على شفتيها ابتسامة عريضة، وقالت:
- بالطبع.. ما من فارس يفعل هذا.
رأته يتحسَّس الجدران في حيرة، فسألته:
- ما الذي يقلقك؟
أجاب متوترًا:
- كل شيء يبدو لي عجيبًا، منذ أصابتني الصاعقة، عند جذع الشجرة الكبيرة.. الطرق، والأضواء، وتلك المادة العجيبة، التي شيدوا منها هذه القلاع.
قالت في دهشة:
- مادة عجيبة؟!.. إنه الإسمنت.
ردَّد في حيرة:
- إسمنت؟!.. أهي مادة جديدة، اخترعها (الدمشقي)؟
جلست هاتفية:

- (الدمشـــقي)؟!.. نعم.. لقد رأيت الفيلم.. أليس هو الذي اخترع المادة، التي أحرقت الأبراج.

حدَّق في وجهها بدهشة بالغة، وهو يقول:

- الفيلم؟!.. ما الذي يعنيه هذا؟

تنهَّدت وهي تربّت على كفه، قائلة:

- لا عليك.. إنها مجرَّد مصطلحات عجيبة.

لم تكن ترغب في مناقشته طويلًا، على الرغم من غرابة ما يقول، فاكتفت بالاســترخاء فوق حرملته، وأغلقت عينيها، وهي تحلم مرة أخرى بالعيش في زمن الفرسـان، حتى سألها:

- لماذا يطاردك هؤلاء الرجال، ويسعون لقتلك؟

قالت في توتر، عاودها مع سؤاله:

- إنني أحمل دليل إدانة زعيمهم.

التفت إليها متسائلًا، فاستطردت:

- إنني أعمل كسكرتيرة في مكتب (حسني الجمال).

سألها في حيرة:

- وما الذي تعنيه كلمة (ســكرتيرة)؟.. ومن هو (حســني الجمال) هذا؟..

تنهَّدت قائلة:

- إنه تاجر كبير، وكنت أنا مسـاعدته، ثم كشـفت فيما بعد أنه واحد من كبار تجَّار المخدرات.

سألها:

- وما هي هذه المخدرات؟

أجابته:

- هي مواد ســامة، تذهب بالعقول، وتفســد الأجســاد، والقانون يمنع الإتجار فيها، وتعاطيها، أو حتى حملها..

ثم تنهَّدت مستطردة:

- المهم أنني كشفت هذا الأمر بعد فوات الأوان، وبعد أن ورطني (حسني) في عملية تسليم مخدرات، دون أن أدري، والتقط لي في أثناء ذلك بعض الصور، والتسجيلات، التي تكفي لإدانتي، وإلقائي في السجن لربع قرن من الزمان.

هز رأسه، وهو يغمغم:

- كل هذا يبدو لي عجيبًا، ولست أستوعب معظمه.

ولكنها تابعت، كما لو أنها لم تسمع تعقيبه:

- وحاول (حسني) دفعي إلى مشاركتهم جريمتهم، بعد تورّطي في الأمر، على الرغم مني، إلا أنني رفضت هذا بشدة.. وسرقت بعض الأوراق والمستندات، التي تدينه، وأردت إبلاغ الشرطة، ولكنه أرسل رجاله خلفي، فألقوا القبض عليَّ، واستعادوا الوثائق، وكادوا يقتلونني في مكتبه، لولا أن نجحت في الفرار، واستعدت الوثائق مرة أخرى.. وها هي ذي.

قالتها وأخرجت المظروف المنتفخ من جيب ثوبها، ولوَّحت به في وجه (فخر الدين)، الذي تطلع إلى المظروف في دهشة، ومد يده ليمسكه، في نفس اللحظة التي صدرت فيها قرقعة واضحة، في الطابق السفلي للبناية، فاعتدل ليشهر سيفه في حزم وتحفز، وهو يقول:

- لقد وصلوا.

كان رجال (حسني) الثلاثة قد بلغوا البناية بالفعل، بعد وصول سيارة الإسعاف، التي نقلت زميلهم للمستشفى، في محاولة لإعادة أصابعه المبتورة، والغضب يملأ نفوسهم لما أصابه، وقال أحدهم لزميله، وهو يصعد في درجات السلم بحذر:

- احترسـوا من سـيف هذا المهرّج.. لقد رأيتم كيف يستخدمه.. اقتلوه قبل أن يشهره في وجوهنا.

واصل الثلاثة صــعودهم، حتى بلغوا الطابق العلوي، فتقدَّم أحدهم إليه، وهو يقول:

- لو لم نعثر عليه، سنواصل بحثنا في البنايات المجاورة، و...

وفجأة، وقبل أن يتمّ عبارته، ظهر (فخر الدين) أمامه، وهو يهتف:

- الموت للمجرمين.

وغاص سـيفه في قلب الرجل، الذي أطلق شـهقة قوية، وجحظت عيناه في شدة، وسقط مسدسـه بين قدميه، قبل أن ينتزع (فخر الدين) سـيفه من صـدره، ثم هوى فوق درجات السلم، وزميلاه يصرخان:

- ها هو ذا.

وانطلقت رصاصـات مسدسـيهما نحو فتحة الباب، في نفس اللحظـة التي اختفى فيها (فخر الـدين) بالـداخل، ولكنهما واصـلا إطلاق النار بعض الوقت، قبل أن يلتفت أحدهما إلى زميله الصريع، ويهتف في هلع:

- لقد قتل (توفيق).. ذلك المهرّج الوغد طعنه بسيفه.

هتف الثاني، وهو يندفع نحو الطابق العلوي:

- سأقتله.

أمسك به زميله، وهو يقول في حزم:

- كلا يا رجل.. لا تحاول.. إنه يسـتخدم السـيف بمهارة حقيقية، وسيقتلك فور دخولك.. كلا.. هذا ليس صحيحًا..

ثم أشار إلى صدره، مستطردًا:

- عندي خطة أفضل.

سأله زميله:

- ما هي؟
أجابه في حماس:
- اذهب وأحضـــر وعاء البنزين الإحتياطي من الســيارة، وصـــــندوق زجاجات المياه الغازية الفارغ، وبعض قطع القماش.
برقت عينا الرجل، وهو يقول:
- ستصنع قنبلة مولوتوف.. أليس كذلك؟
أجابه زميله:
- نعم يا رجل.. بعض البنزين في زجاجة المياه الغازية، قطعة من القماش في فوهتها، وعود ثقاب.. تصـــبح لديك قنبلة.. هيا.. أحضـــر هذه الأشــياء بســرعة، وســأمنعهما برصاصاتي من مغادرة المكان.
وارتسمت الشراسة في ملامحه، وهو يضيف :
- سنشويهما حيين.
وامتزجت شراشته بابتسامة..
ابتسامة وحشية..

☆☆☆

النيران

امتدَّت أضواء مصباحي سيارة الدكتور (سليم) تشقّ ظلام المنطقة، وتتحدَّى الأمطار والرياح، وهو يقول لزميلته (إلهام) في حماس:

- سـنعثر عليه بإذن الله، فقد اتخذ هذا الطريق، ولن يبتعد كثيرًا بالتأكيد.

سألته متبرمة:

- ولماذا بالتأكيد؟

أجاب في سرعة:

- ضعي نفسك في موضعه.. كنت في عصرك، ثم وجدت نفسك فجأة في زمن آخر، يفوقه بعدة مئات من السـنين، فهل تتحركين بسـرعة، أم يثير كل شـيء حيرتك ودهشتك، فتتقدمين خطوة خطوة؟

هزَّت كتفيها، قائلة:

- لست أدري، فأنا أنتمي إلى زمن واحد مسكين.

رمقها بنظرة جانبية، وهو يقول:

- وعدت مرة أخرى للسخرية!

هتفت محنقة:

- لا يمكنني هضم فكرتك هذه.

قال مبتسمًا:

- تناولي عقارًا مهضمًا.

هتفت به:

- هل تمزح؟

قال ضاحكًا:

- أحاول التخفيف من توترك بعض الشيء.

رأيا سـيارة الإسـعاف تقترب منهما، وهي تطلق بوقها المميَّز، ثم تتجاوزهما بسرعة، فقطب هو حاجبيه، وقال:

- هذا لا يروق لي.

سألته في تردُّد:

- لماذا؟.. ربما هو حادث سير عادي.

غمغم:

- ربما.

أشارت هي إلى سيارة (نادية) المقلوبة، وقالت:

- أرأيت!.. إنه حادث سير.

ألقى نظرة على السيارة بدوره، وواصل طريقه..
ولكن شيئًا ما في أعماقه كان يشعر بقلق..
قلق مبهم عجيب..

☆ ☆ ☆

ارتجفت (نادية) رعبًا، عندما سمعت ما ردَّده الرجل،
وهتفت وهي تتشبَّث ب (فخر الدين) في ارتياع، وتلتقط
المسدس الذي سقط من يد الرجل بيدها الأخرى:

- هل سمعت ما قاله؟.. إنه سيشوينا أحياء.

لم يبد الخوف عليه، وهو يسألها في اهتمام:

- ما هذا (المولوتوف)، الذي تحدَّث عنه؟

أجابته مرتعدة:

- إنه كما سمعت تمامًا.. زجاجة تمتلئ بالبنزين، وتغلق
فوهتها بقطعة من القماش، مبلَّلة بالبنزين أيضًا، وعند
إشعال قطعة القماش يشتعل البنزين، وتنفجر الزجاجة،
وتنتشر منها النيران على مساحة واسعة.

قال في جدية:

- إذن فهذا البنزين مادة تشتعل.

هتفت:

- نعم.. هو كذلك.. وقنبلة (مولوتوف) واحدة تنفجر هنا، تكفي لإشعال النيران في المبنى كله.. هل فهمت؟

أومأ برأسه إيجابًا، وقال:

- نعم.. لقد فهمت.

ثم عاونها على النهوض، مستطردًا:

- لم أكن أحب أن أضايقك، ولكنني أحتاج إلى هذه الحرملة.

تركته يستعيد حرملته، ويتجه إلى النافذة، ويتطلّع منها إلى أسفل، وسألته:

- ماذا تفعل؟

أجابها في هدوء:

- أبحث عن وسيلة لتفادي حفل الشواء هذا.

ثم التفت إليها، وأحاط وسطها بطرف الحرملة، مستطردًا:

- عفوًا.

سألته في قلق شديد:

- ماذا تفعل؟

أجاب في حزم:

- سأعاونك على الهبوط إلى النافذة السفلى.

صاحت في هلع:

- ماذا؟!.. هل تتصوَّر أنني..

بترت عبارتها بشهقة جادة، عندما حملها بغتة وأجلسها على طرف النافذة قائلًا:

- هل تفضلين الشواء؟

ارتجفت وهي تجلس على هذا الارتفاع، وقالت:

- سأسقط يا (فخر الدين).

قال في حزم:

- لا تقلقي.. سأعاونك بقدر استطاعتي.
دفعها في رفق، حتى تدلَّت من النافذة، وهو يمسك طرف الحرملة الآخر في قوة، وقال:
- ستهبطين في بطء، وعندما تبلغين إطار النافذة السفلى، تشبثي به، وادفعي جسدك داخل الطابق أسفلنا، وهناك ستجدين الأمان.
شعرت فجأة بالأمان، مع كلماته الواثقة الهادئة، على الرغم من دقة الموقف، وتركته يدليها في بطء، نحو النافذة السفلى، فدفعت قدميها عبرها، وتأرجحت، ثم أفلت هو الحرملة، فاندفعت داخل الحجرة، التي تحوي النافذة، وسقطت على أرضها.
كانت تشعر بالألم من وقع الارتطام، ولكنها كتمت شهقة الألم في أعماقها، خشية أن يسمعها الرجل، الذي يقف خارج المكان، في ذاك الطابق بالذات، وسمعته يقول لزميله:
- عظيم.. ها هي ذي أولى قنابل (المولوتوف) معدَّة للعمل.. قل وداعًا للمهرج وصاحبته.
ارتجفت في قوة، وهي تتخيَّل (فخر الدين) في الطابق العلوي، وقنبلة (المولوتوف) تنفجر بالقرب منه، والوقود المشتعل يمسك بثيابه، وجسده، و...
وأغلقت عينيها في ارتياع، غير قادرة على تصوُّر الفكرة.. وفي نفس اللحظة دوي الانفجار ..
انفجار قنبلة (المولوتوف)..

☆☆☆

بلغ الانفجار مسامع الدكتور (سليم)، في نفس اللحظة التي استدار فيها عائدًا، بعد أن يئس من العثور على

الفارس، الذي اجتاز أمام عينيه فجوة الزمن، فانتفض جسده وهو يهتف:

- ما هذا؟

أدارت (إلهام) عينيها إلى تلك البنايات الحديثة، التي اندلعت النيران من طابق إحداها العلوي، وقالت:

- ربما انفجرت اسطوانة غاز أو...

قاطعها الدكتور (سليم):

- ولكنها مبان غير مأهولة بعد.

هزَّت رأسها، قائلة:

- لست أدري.. ولكن ما شأننا بهذا.

قال وهو يتجه في حزم نحو المباني الحديثة :

- شيء ما في أعماقي يقول إن لهذا شأنا بنا.

قالت في حدة:

- أهو استنتاج سخيف آخر؟

قال في صرامة:

- نعم.. هو كذلك .

وانطلق نحو موقع الانفجار..

☆☆☆

دوي الانفجار في الطابق العلوي..

وفي قلب (نادية).

لقد تصوَّرت أن الانفجار قد أطاح بـ (فخر الدين). بالفارس..

ولكنها شـعرت فجأة بتلك الحركة خارج النافذة، فاندفعت إليها، وتطلَّعت إلى أعلى، ثم شهقت في شدة..

كانت النيران تتدلع من نافذة الطابق العلوي، والأمطار تخترقها في مشـهد عجيب، ولكن (فخر الدين) يتدلى من إطار النافذة، ويهتف بها.

- ابتعدي.

ابتعدت عن النافذة بحركة غريزية، ورأته يهوي أمامها من أعلى، ثم يتشــبث بـإطار نافذتها في حركة ســريعة قويـة، فـاندفعت مرة أخرى نحو النـافذة لتعاونـه على الصعود، وهي تهتف:

- لقد نجوت.. حمدًا لله يا (فخر الدين).. لقد نجوت.

اسـتجمع قوته، وصـعد إلى إطار النافذة، ثم وثب داخل الحجرة، وهو يقول:

- الأمور تسير عـلى وجه أعنف مما اعتدته بكثير..

ثم نفض ثيابه، وعاد يستل سيفه من غمده، مستطردًا:

- يبدو لي وكأنني في زمن آخر.

هتفت به في حرارة:

- أنت كذلك يا (فخر الدين).. أنت فارس في زمن يفتقر إلى الفرسان.

جاء من خلفها صوت غاضب شرس، يقول:

- وسيرحل إلى عالم آخر يا (نادية).

التفتت بسـرعة إلى مصـدر الصـوت، وأطلقت صـرخة ذعر مكتومـة، عندمـا رأت رجلي (حسـني) أمـامهـا، وكلاهما يحمل مسدسه..

ومع صرختها انطلق (فخر الدين)..

انطلق يضـرب مسـدس أحد الرجلين بسـيفه، ثم يطعنه هاتفًا:

- ومن يدري أينا سيرحل إلى العالم الآخر يافتى؟

ولكن الرجل الآخر تراجع في حركة حادة، وأطلق رصاص مسدسه على سيف (فخر الدين)..

وتحطم السيف..

تحطم وسقط من يد (فخر الدين)، الذي لم يعد يقبض سوى على مقبض السيف فحسب، وهو كل ما تبقى منه.. وألقى الرجل نظرة على زميله، الذي جندله سيف (فخر الدين)، في آخر قتال له، ثم أمسك مسدسه بقبضتيه، وهو يصوّبه إلى (فخر الدين)، هاتفًا في غضب:

ــ لقد خضت قتالك الأخير أيها المهرّج، والآن وداعًا..

ودوت الرصاصة القاتلة..

☆ ☆ ☆

فجأة تذكرت (نادية) أنها تحمل مسدسًا..

تذكرت هذا، وهي ترى آخر رجال (حسني)، مصوبًا مسدسه إلى (فخر الدين)، الذي فقد سيفه.

وفي جزء من الثانية، ودون أن تدري كيف فعلت هذا، انتزعت (نادية) المسدس من جيبها، وأطلقت..

ودوت الرصاصة القاتلة..

دوت من مسدسها، قبل أن يضغط الرجل زناد مسدسه وانطلقت الرصاصة لتخترق رأسه، في منتصف جبهته تمامًا، فاتسعت عيناه لحظة، ثم هوى جثة هامدة، عند قدمي (فخر الدين)، الذي قال في توتر:

ــ هذه الأشياء الصغيرة تقتل في عنف.

أعادت المسدس إلى جيبها، وهي تقول مرتجفة:

ــ لم يكن أمامي سوى هذا.. كان سيقتلك.

أحاط كتفها بذراعه، وقال:

ــ نعم.. لم يكن أمامك سوى هذا.

وقادها في رفق إلى الخارج، وهي ترتجف من فرط الانفعال، وهبطا معًا في درجات السلم، حتى بلغا قاعدة المبنى، وغادراه في سرعة.
وفجأة سطعت الأضواء في وجهيهما، مع صوت الدكتور (سليم)، وهو يهتف في انفعال:
- ها هوذا.
تحفَّز (فخر الدين) للدفاع عن (نادية)، التي أمسكت المسدس داخل جيبها في توتر، لولا أن قال الدكتور (سليم) في حماس:
- رويدك يا فتى.. اهدأ.. إننا هنا لمساعدتك.. صدقني.
نقل (فخر الدين) عينيه، بين وجهي الدكتور (سليم) و(إلهام)، قبل أن يقول في حذر:
- من أنتما؟
أجابه الدكتور (سليم):
- إننا بعض الذين رأيتهم، عند عبورك فجوة الزمن إلى عصرنا.. هل تذكر هذا؟
هتفت (نادية) في ذهول:
- فجوة الزمن؟!.. إذن فأنت بالفعل من عصر آخر.
ارتبك (فخر الدين)، وهو يقول:
- لست.. لست أفهم شيئًا.
قال الدكتور (سليم):
- سأشرح لك كل شيء يا فتى.. ثق بي.. أرجوك.
انتفض (فخر الدين)، وقال:
- ولماذا أثق بك؟.. من أدراني أن كل هذا ليس سوى خدعة، صنعها رجال (ريتشارد قلب الأسد) في إحكام، لإقناعي بكشف ما لدي، والحصول على الرسالة؟
أجابته (نادية) في حرارة:

- أنا يا (فخر الدين).
التفت إليها في دهشة، وقال:
- أنت؟!
أجابته بسرعة:
- نعم يا (فخر الدين).. صدقني، لو أنك تثق بي، وبإخلاصي في معاونتك.. صدقني يا (فخر الدين)، وامنح ثقتك لهما.
تردَّد (فخر الدين) لحظات، وهو يمسك الرسالة داخل ثيابه في قوة، ثم قال:
- حسنٌ.. سأمنحكما ثقتي.. من المؤكد أن لديكما تفسيرًا لكل هذا.
ابتسم الدكتور (سليم) في ارتياح، وقال:
- صدقني يا فتى.. لن تندم أبدًا.. والآن هيا بنا، فلنبتعد عن هذا المكان، قبل وصول رجال الشرطة والإطفاء.. هيا بنا.
وبعد لحظات انطلقت بهم السيارة، عائدة إلى حيث الفجوة.. فجوة الزمن.

☆☆☆

معًا إلى الأبد

تصـــارع الحزن مع الســـعادة في أعماق (نادية)، وهي تراقب (فخر الدين)، الذي يستمع إلى الدكتور (سليم) في اهتمام شديد، داخل الكابينة الزجاجية..

الحزن لأن (فخر الدين) لا ينتمي بالفعل إلى عالمها..

والسعادة لأنها عثرت أخيرًا على الفارس..

الفارس الذي تحلم به منذ صباها..

ولم يستـــوعب (فخر الدين) شـــيئًا من حديث الدكتور (ســـليم)، سوى أنه الآن في زمن أخر، لا ينتمي في الواقع إلى زمنه، فقال بعد انتهاء الحديث:

- ولكن ماذا عن المهمة؟.. إنني أحمل رســـالة شـــديدة الأهمية والخطورة، لابد أن تصل إلى السلطان، قبل المعركة الفاصلة.

سألته الدكتورة (إلهام):

- وما فحوى هذه الرسالة؟

هزَّ رأسه نفيًا، وقال:

- لســـت أدري.. ليس من حقي الاطلاع عليها، ولكنني وعدت السلطان ببذل حياتي نفسها، لو اقتضى الأم، لتصل الرسالة إليه، حتى يمكنه تحديد موقع المعركة الفاصـلة، ومعرفة أين يمكن أن ينتصر.. في (حطين) أم (طبرية).

أجابته (نادية):

- كتب التاريخ تقول: إنه حارب في (حطين)، وانتصر.

لوَّح بذراعه، هاتفًا:

- هذا لو وصلته الرسالة.

قالت في لهجة أقرب إلى الضراعة:

- لقد حارب (صلاح الدين)، وانتصر، ولم تعد لمهمتك أهمية.

هتف في صرامة:

- لقد وعدت.

اعتدال الدكتور (سليم) في مقعده، وقال:

- إذن فأنت تريد العودة إلى عصرك.. أليس كذلك؟

التفت إليه (فخر الدين)، قائلاً:

- نعم.. لو أن هذا ممكن.
ابتسم الدكتور (سليم)، وقال:
- أعتقد أن هذا ممكن.
خفق قلب (نادية) في هلع، في حين هتفت الدكتورة (إلهام):
- أى قول هذا يا دكتور (سليم)؟.. أتظننا اخترعنا آلة الزمن، بسبب حادث عرضي كهذا؟
أجابها في هدوء، وهو يشير إلى السماء، التي تلتمع بالبرق:
- الظروف لم تتغير بعد.. وما تزال تلك العاصفة النادرة، ذات التأثير المغناطيسي مستمرة، وأظننا نستطيع فتح فجوة الزمن مرة أخرى، لو كَّررنا التجربة، قبل انتهاء العاصفة.
لوَّحت بذراعها، هاتفة:
- لا شيء يؤكد هذا.
هزَّ كتفيه، قائلًا:
- ولا شيء ينفيه.
أما (فخر الدين)، فأمسك يده، قائلًا في حزم:
- لو أن العودة ممكنة، فأعدني إذن إلى زمني.. هناك مهمة تحتاج إلى إتمامها.
نهض من مقعده، قائلًا في حزم:
- فليكن يا فتى.. سنعيد التجربة، ونعمل على إعادتك إلى زمنك.
وهوى قلب (نادية) بين ضلوعها..

☆☆☆

"كل شيء معد لتكرار التجربة."..
قالها مساعدا الدكتور (سليم)، وهما يعدان أجهزتهما، ويراجعان كل الحسابات، التي ارتسمت على شاشة الكمبيوتر، فتشبثت (نادية) بـ(فخر الدين)، وقالت في ضراعة:
- ابق يا (فخر الدين).. أرجوك.
تطلع إليها في أسى، وقال:
- لا يمكنك أن تتصوري كم أتمنى البقاء إلى جوارك للأبد.. ولكن لابد من إكمال المهمة.
صاحت به:

- لم تعد هناك أهمية لمهمتك.. ألا تفهم هذا؟
أتى من خلفها صوت الدكتورة (إلهام)، تقول:
- خطأ يا (نادية)، لقد ناقشت أنا والدكتور (سليم) هذه النقطة بالذات، ووجدنا أنه من المحتم أن يعود (فخر الدين)، إلى زمنه، ويسعى لإتمام مهمته، وإلا فمن يدري.. ربما تغيَّر تاريخ العالم كله.
صاحت (نادية) في حنق:
- لست أصدق هذا.
تحسس (فخر الدين) شعرها في حنان، وقال:
- الوداع يا (نادية).. الوداع يا ابنة الزمن القادم.
تفجرت الدموع من عينيها، وهي تهتف:
- لا ترحل.. أرجوك.
ولكنه ربَّت على خدها لحظة، ثم أبعد يدها عن ذراعه في رفق، وألقى عليها نظرة أخيرة، ثم اتجه في حزم وحسم إلى خارج الكابينة الزجاجية، ووقف عند جذع الشجرة، والدكتور (سليم) يقول:
- استعدوا لتكرار التجربة.
سالت الدموع من عينيها غزيرة، وهي تتطلّع إليه، وقد وقف عند جذع الشجرة صامتًا، جامدًا، ممشوق القوام، ينتظر سقوط صاعقة أخرى، وسألت الدكتورة (إلهام)، التي تقف إلى جوارها:
- هل سيعود بالفعل؟
أجابتها في خفوت:
- أتعشم هذا.. لو نجحت التجربة فسيعود إلى نفس اللحظة، التي قفز فيها إلى زمننا.
وفجأة انتزعت (نادية) من جيبها تلك المظروف المنتفخ، الذي يحوي كل الأوراق والوثائق، التي تدين (حسني الجمال)، وناولتها إلى الدكتورة (إلهام)، وهي تقول بكلمات سريعة:
- سلّمي هذا المظروف إلى النائب العام.
قالت (إلهام) في دهشة:
- ماذا تعنين؟
ولكن (نادية) لم تشرح ما لديها..

لقد انطلقت فجأة خارج الكابينة الزجاجية، في نفس اللحظة التي صاح فيها الدكتور (سليم):

- ابدأ التجربة .

وضغط المساعدان الأزرار، و(نادية) تعدو نحو جذع الشجرة الكبيرة..

وقفز الدكتور (سليم) من مقعده في هلع..

واتسعت عينا الدكتورة (إلهام) في ارتياع..

وصرخ (فخر الدين):

- لا يا (نادية).. ابتعدي.

ولكن (نادية) ألقت نفسها بين ذراعية، وهي تهتف:

- سنرحل معًا.

وفي نفس اللحظة هوت الصاعقة..

وتألقت الهالة حول جسديهما.

ثم تلاشت.. وتلاشى كل شئ معها.. وصرخت الدكتورة (إلهام):

- لقد تبخرا

تنهَّد الدكتور (سليم)، وقال:

- بل عادا إلى زمن (فخر الدين).

صاحت به:

- ما دليلك على نجاح عودتهما؟

ابتسم وهو يشير إلى بقايا المسدس الصدئ، قائلًا:

- هذا.

وفهمت على الفور ما يعنيه..

☆☆☆

تطلع فرسان (ريتشارد قلب الأسد) الأربعة في ذهول إلى جذع الشجرة، حيث تلاشت الهالة اللامعة، واختفى معها (فخر الدين)، وهتف بهم قائدهم في صرامة:

- ما لكم تفغرون أفواهكم هكذا؟!.. لقد أحرقته الصاعقة.. هذا كل شيء.

ولكن فجأة عادت الهالة تتألق مرة أخرى، وبرز وسطها (فخر الدين) و(نادية)، فصهلت الخيول، وتراجعت، وصاح قائد الفرسان ذاهلًا.

- أي عبث شيطاني هذا؟

واستلّ الفرسان سيوفهم مرة أخرى، والقائد يصيح بهم:

- اقتلوهما.. اقتلوا هذا الشيطان ورفيقته.

وانقض الفرسان الأربعة على (فخر الدين) الأعزل و(نادية) الضئيلة الجسد..

وانتزعت (نادية) المسدس من جيبها..

وأطلقت النار..

وسقط أحد الفرسان الأربعة صريعًا برصاصتها، وصهلت الخيول مرة أخرى، وصرخ أحد الفرسان:

- إنها ساحرة.

ومع قوله، أطلقت (نادية) رصاصة أخرى، أطاحت بفارس ثان، فجذب الفارسان الباقيات عناني جواديهما، وانطلقا فارين في هلع، وقد وقر في قلبيهما أنهما يواجهان ساحرة، تسبغ حمايتها على (فخر الدين)..

واندفع (فخر الدين) يمسك عناني الجوادين، اللذين لقي صاحباهما مصرعهما، قبل أن يبادرا بالفرار، ثم التفت إلى (نادية)، هاتفًا:

- ماذا فعلت أيتها الحمقاء؟.. لقد فقدت عصرك إلى الأبد.. ستندمين أشد الندم.

قالت في سعادة:

- لن أندم أبدًا.. لقد عدت إلى زمن الفرسان، الذي أحلم به منذ صباي، بصحبة فارس مغوار، لا مثيل له في كل العصور.. مَن مِن نساء الأرض أسعد حظًا مني؟

ابتسم في حنان، والتقط المسدس من يدها، وهو يقول:

- ولكنهم لا يستخدمون أسلحة النار هذه في عصرنا.

واتجه في هدوء إلى جذع الشجرة، ودفن المسدس عنده، ثم توجه إلى أحد الفارسين المقتولين، وسحب سيفه، ثم اعتدل وقال:

ـ الآن أكمل المهمة.

وحملها ليضعها على متن جوادها، وهي تغمغم في سعادة:

ـ لست أجيد ركوب الخيل.

ابتسم وهو يثب على متن الجواد الآخر، قائلًا:

ـ سرعان ما ستتعلمين.

تبادلا ابتسامة رائعة، قبل أن ينطلق الجوادان، ويواصل الفارس مهمته..

وبنجاح..